Chau, Señor Miedo

María Inés Falconi

Chau, Señor Miedo

Ilustraciones de Istvansch

Buenos Aires, Barcelona, Bogotá, Caracas, Guatemala, Lima, México, Miami, Panamá, Quito, San José, San Juan, Santiago de Chile, Santo Domingo

Falconi, María Inés
Chau, señor miedo. - 1ª. ed.- Buenos Aires:
Grupo Editorial Norma, 2004.
88 p : 18 x 11 cm. – Torre de Papel

ISBN 987-545-141-X

1. Teatro Infantil Argentino I. Título
CDD 868

Primera edición: febrero de 2004
Tercera reimpresión: agosto de 2006

Impreso en Argentina – *Printed in Argentina*

Diseño de la colección: María Osorio y Fernando Duque
Diagramación y armado: Magali Canale

CC 11720
ISBN 987-545-141-X

A mi hermano Carlos

Chau, Señor Miedo

Chau, Señor Miedo fue estrenada en el año 1988 por el Grupo de Teatro Buenos Aires en el Auditorio UPB, Buenos Aires, Argentina, con el siguiente elenco:

Carlos Carlos Parrilla
Graciela Graciela Bravo

Música Martín Bianchedi
Letras María Inés Falconi
Escenografía y vestuario GTBA
Puesta en escena y Dirección general
Carlos de Urquiza

Personajes

Carlos, un chico de 8 o 9 años
Graciela, su hermana, de 4 o 5 años.

Escenografía

La historia transcurre en el cuarto de Carlos, por lo cual, la escenografía deberá dar la imagen de la habitación de un chico de esa edad, con las características del lugar y la época en que la obra sea representada.

Los elementos imprescindibles con los que deberá contar son: una cama, un baúl de juguetes lo suficientemente amplio como para que ambos puedan esconderse adentro, y una lámpara o velador que permita jugar con la acción de prender y apagar la luz.

Además de la utilería y los juguetes que pueden encontrarse en el cuarto de un chico, será conveniente tener almohadones u otros elementos blandos que puedan ser arrojados durante la lucha con los fantasmas.

Vestuario

Carlos usa su pijama y Graciela su camisón. Encontrarán más adelante, en el baúl de juguetes, telas o elementos que le permitan a Graciela disfrazarse de bruja.

Carlos está en su cama, durmiendo. La luz del cuarto es muy suave, como si ya estuviera apagada.

Una música incidental acompaña la primera escena.

Graciela entra al cuarto con su muñeca. Está visiblemente asustada. Espía para ver si su hermano duerme, y comprueba que es así. Teme despertarlo, porque sabe que se va a enojar, pero por otro lado, su miedo es tan grande que no se anima a volver a su cuarto.

Decide molestar a Carlos, con disimulo, para que se despierte como "por casualidad".

Le hace cosquillas en la nariz, pero sólo logra que Carlos se dé vuelta en la cama.

Prueba métodos más efectivos, como las cosquillas en los pies, pero aun así, Carlos no se despierta.

Intenta saltándole encima, pero sólo logra caerse de la cama ella misma.

Finalmente, furiosa, lo empuja hasta tirarlo al suelo. Ahora sí, Carlos está totalmente despierto… y enojado.

Graciela se esconde detrás de la cama. Sabe lo que le espera, pero cualquier cosa es mejor que volver a su cuarto a dormir sola.

Carlos la descubre y antes de decir nada, le da un almohadazo.

Carlos: ¡Graciela, salí! ¡Graciela, andate! ¡Graciela, chau! (*Dándose cuenta de lo insólito de la presencia de su hermana a esa hora.*) Graciela... ¿qué hacés acá?

Graciela: Y... yo vine.

Carlos: Sí, ya sé que viniste.

Graciela: ¿Entonces, no dormías?

Carlos: ¡Sí, dormía! ¡Sí, dormía! ¡SÍ, DORMÍA!

Graciela: Y si dormías, ¿cómo te diste cuenta de que yo estaba acá?

Carlos: Porque vos me despertaste.

Graciela: ¿Yo?... ¡Mentira!

Carlos: ¡¿Cómo mentira?! Yo dormía, vos entraste por esa puerta...

Graciela: ¡Mentira!

Carlos: ¿Cómo mentira? A ver si me entendés: ¿Yo dormía?

Graciela: Sí...

Carlos: ¿Y vos entraste por esa puerta?...

Graciela: No.

Carlos: ¡¿Cómo que no?!

Graciela: Yo entré por esa puerta... con mi muñeca.

Carlos: (*Armándose de paciencia.*) Vos entraste por esa puerta con "tu muñeca"... y me despertaste.

Graciela: No, vos te despertaste solo cuando te caíste de la cama.

Carlos: ¡¿Ah, sí?! ¿Y quién me tiró de la cama?

Graciela: Yo no fui... (*A la muñeca.*) ¿Fuiste vos? Dice que no, así que vos te caíste solo.

Carlos: (*Furioso y sabiendo que todo razonamiento es inútil.*) Graciela desaparecé. Graciela, andate.

Graciela: No me voy nada.

Carlos: ¿Seguro que no te vas? (*El tono de Carlos es amenazante, pero Graciela se hace la valiente, aunque sabe lo que le espera.*)

Graciela: Ni pienso.

Carlos: ¿Así que no te vas?... Entonces... ¡Mirá lo que le pasa a tu muñeca!

Antes de que Graciela pueda reaccionar, Carlos le arranca la muñeca de las manos, y comienza a revolearla por el aire.

Graciela trata de recuperarla, pero por supuesto, no puede.

Carlos se divierte haciéndola sufrir. Sabe que si él no quiere, Graciela no podrá agarrar su muñeca.

Cuando se cansa, sostiene la muñeca en alto, parado sobre la cama.

Graciela: ¡Devolveme mi muñeca!

Carlos: Te la doy, pero con una condición.

Graciela: ¿Cuál?

Carlos: Que te vayas.

Graciela: (*Mintiendo.*) De acuerdo.

Carlos le arroja la muñeca, y creyendo haber resuelto la situación, va a acostarse.

Graciela: (*Una vez que lo tiene lejos.*) No me voy nada.

Carlos, sin decir palabra, toma impulso y la saca a los empujones del cuarto.

Carlos: La saqué.

Graciela vuelve a entrar y se le prende a la pierna.

Graciela: Dale... un ratito nada más...

Carlos: (*Tratando de soltarse.*) Graciela, andate.

Graciela: No.

Carlos: (*Que sigue tironeando sin que Graciela ceda.*) ¿No te vas? Ahora vas a ver.

Diciendo esto, la carga en el hombro, patas para arriba, y la vuelve a sacar del cuarto.

Carlos: (*Entrando.*) La saqué. Porque yo soy grande, y mi hermana es chiquita, y yo con ella, hago lo que quiero. Y ahora... ¡a dormir! Bien tapadito como dice mi mamá.

Se acuesta y se echa las frazadas encima, hechas un bollo.
Apaga la luz.

Graciela entra en puntas de pie. Carlos no la ve.
Graciela lo espía, piensa un instante y poniéndose en cuatro patas, maúlla como si fuera un gato, y se esconde dentro del baúl.

Carlos, que la está escuchando, y sabe que no es gato sino su hermana, sale de la cama y, sin que ella se dé cuenta, en puntas de pie, y con la almohada en la mano, se acerca al baúl.

De golpe abre la tapa y le da un almohadazo en la cabeza.

Graciela: ¿Cómo sabías que no era un gato?

Carlos: Porque nunca tuvimos gato, nena. Graciela, andate.

Graciela: Carlos... no me puedo ir...

Carlos: A ver... ¿por qué no te podés ir?

Graciela: Porque tengo miedo.

Carlos: Y a mí que me importa que tengas miedo.

Graciela: ¡A mí sí me importa! Porque mi cuarto, está lleno de fantasmas.

Carlos: ¡Qué tonta que sos! En casa no hay fantasmas, nena. Los fantasmas están en los cuentos, en la tele...

Graciela: ¿Y si salen?

Carlos: No, nena, no salen.

Graciela: Entonces si no hay fantasmas, hay brujas.

Carlos: Tampoco hay brujas en casa, nena. Andá a dormir.

Graciela: No hay cuando tenés los ojos abiertos, pero para dormir los tenés que cerrar, y si los cerrás no ves nada... Y si no ves nada, ¿cómo sabés que no hay brujas ni fantasmas? Por ahí están a tu lado y no los ves. Entonces yo quiero dormir, y para eso tengo que cerrar los ojos y yo... y yo...

Carlos: Bueno, si querés te podés quedar a dormir un ratito acá.

Graciela: ¿Con vos?

Carlos: Sí... conmigo.

Graciela: ¿En tu cama?...

Carlos: Sí, en mi cama.

Graciela: ¿De veras?

Carlos: Sí, de veras... Pero un ratito nada más, ¿eh?

Graciela corre a meterse en la cama. Hace un lío con las sábanas.

Ella y Carlos tironean, finalmente Carlos se impone, se acuestan, se tapan, y Carlos apaga la luz del velador.

Graciela: Carlos... tapate. (*Al decir esto lo destapa para taparse ella.*)

Graciela no termina de acostarse que, asustada, se sienta y prende la luz.

Carlos: (*Sentándose también.*) ¿Qué hacés?

Graciela: Es que la luz apagada me da miedo...

Carlos: Pero éste es mi cuarto, y en mi cuarto se duerme con la luz apagada.

Carlos vuelve a apagar la luz y se acuesta.

Graciela: Carlos... tapate. (*Lo vuelve a destapar.*)

Graciela se sienta en la cama y prende la luz.

Carlos: ¿Qué hacés?

Graciela: (*Buscando una excusa.*) Nada... es que tengo ganas de hacer pis.

Carlos: ¡¿Ahora?!

Graciela: No querrás que me haga pis en tu cama...

Carlos: ¡No, nena! ¡Salí de acá! (*La empuja fuera de la cama.*)

Graciela sale para ir al baño. Carlos se acomoda para taparse.

Carlos: Me prende la luz, me amenaza: ¡dice que se va a hacer pis en mi cama, la chancha! ¡Qué nena!

Carlos apaga la luz y se acuesta. Graciela vuelve del baño y se acuesta a su lado.

Graciela: Carlos... tapate. (*Lo destapa otra vez.*)

Graciela se sienta en la cama y vuelve a prender la luz.

Carlos: ¿Y ahora qué pasa?

Graciela: Es que me olvidé de lavarme los dientes...

Carlos: ¿Y es muy importante lavarse los dientes?

Graciela: Sí... mamá y la abuela Rosa siempre dicen que hay que lavarse los dientes antes de dormir...

Carlos: Bueno... andá... y lavate los dientes.

Graciela sale. Carlos vuelve a acomodarse para dormir.

Carlos: Me tapa y me destapa, dice que se va a hacer pis en la cama, la chancha, y ahora se va a lavar los dientes... ¡qué nena! (*Apaga la luz y se acuesta.*)

Graciela vuelve y se acuesta a su lado.

Graciela: Carlos... tapate. (*Lo destapa.*)

Graciela se sienta en la cama y prende la luz nuevamente.

Carlos: ¡¿Y ahora?!!!!

Graciela: Tengo una sed...

Carlos: Bueno, nena, andá a tomar agua.. ¡y no vuelvas más!

Graciela: Pero vos me prometiste...

Carlos: Yo te prometí un ratito, y el ratito ya pasó. ¡Chau, nenita!

Graciela comienza a irse, pero el miedo es más fuerte, y vuelve.
Carlos ya está acostado y tapado hasta la cabeza.

Graciela: Carlos... ¿Y si me contás un cuento?

Carlos: ¡No!

Graciela: ¿Y si me cantás una canción?

Carlos: ¡No!

Graciela: ¿Y si me prestás ese frasco de plastilina verde que...?

Carlos: ¡No! ¡No! ¡Y no! Y si no te vas... si no te vas... va a venir el cuco.

Graciela: ¡Ay, qué tonto! El cuco no existe. La abuela Rosa me lo dijo: que el cuco era una mentira para tontos, que el cuco...

Mientras Graciela habla, Carlos a sus espaldas, se cubre totalmente con la sábana y se le para atrás.

Carlos: (*Con voz de cuco.*) ¡¡¡Graciela!!! ¡¡¡Soy el cuco!!!

Graciela da alaridos de miedo tapándose la cara y llama a su mamá a los gritos.

Carlos se da cuenta de que armó un lío, que si su mamá aparece lo va a retar, y no sabe cómo hacer para callar a su hermana.

Trata de explicarle que el cuco era él, pero en vez de mejorar la situación, la arruina.

Graciela: (*A los gritos.*) ¡Mamáaa!

Carlos: ¡Pará Graciela, no grites! Pará nenita... ¿no ves que era yo? (*Se vuelve a poner la sábana sobre la cabeza, y esto asusta a Graciela.*)

Graciela: ¡Maaaaa!

Carlos: Pará, no grites, que vas a despertar a todo el mundo. Era yo...

Vuelve a mostrarle y Graciela llora más fuerte. Carlos trata de taparle la boca, pero al soltarla, los gritos son más intensos.

Busca una solución urgente, y se le ocurre cantarle una canción, que sabe que a Graciela le gusta.

Esto tranquiliza a Graciela, que de a poco, se va olvidando del cuco.

Carlos: (*Canta.*)
Veo una lágrima rodando,
por la nariz va bajando,
como si fuera un tobogán.

Quiero agarrarla,
atraparla antes que caiga,
guardarla en un frasquito
y devolverla al mar.

Soy pescador, salgo a buscar
alguna lágrima que echó a rodar.
Con mi pañuelo, o con el dedo,
o con un beso, la voy a atrapar.

Porque yo tengo un pañuelo,
todo lleno de agujeros.
Es mi red de pescador,
mi pañuelo de agujeros.
Lágrimas para pescar,
voy echando en el mar.
Porque yo tengo un pañuelo
todo lleno de agujeros.

La canción tranquiliza a Graciela y reconcilia momentáneamente a los dos hermanos; pero mientras ella cree que su hermano la va a dejar quedarse con él, Carlos busca la manera de sacársela de encima.

Carlos: Y ahora... la hermana más linda... la hermana más buena... la hermana más valiente...

Graciela: ¿En serio que soy linda?

Carlos: Sí, sos muy linda, y además...

Graciela: ¿Y buena?

Carlos: Sí, sos buena, y además...

Graciela: ¿Y en serio soy valiente?

Carlos: Sí, y además de valiente, sos... ¡Poderosa!

Graciela: (*Entusiasmadísima.*) ¡Poderosa!

Carlos: Sí, Graciela, ¡vos tenés el poder!

Graciela: ¡Yo tengo el poder!

Carlos: ¡Sí! ¡Tenés el poder de irte a tu cuarto!

Graciela: ¿En serio?

Carlos: ¡Sí! Y además tenés el poder de irte a tu cuarto sola... y además... de hacer todo eso rápido.

Graciela: (*Totalmente convencida agarra su muñeca para irse.*) Y ahora, las dos poderosas se van a su cuarto a dormir... ¡solas! Hasta mañana.

Carlos: Hasta mañana.

Graciela: (*Desde lejos*) Carlos... besito.

Carlos le tira un beso con la mano.

Graciela: No, así no. Besito en serio.

Carlos acepta resignado que le dé un beso, que se limpia con la mano en cuanto Graciela se da vuelta.

Graciela camina hacia la puerta, y vuelve a detenerse.

Graciela: Carlos...

Carlos: ¿Qué?

Graciela: ¡Besito a la muñeca!

Carlos: ¡No, nena! Ni loco le doy un beso a la muñeca.

Graciela: Entonces... si vos no le das un beso a la muñeca... nos vamos a tener que quedar a dormir acá...

Carlos: Está bien. Que me dé un beso la muñeca.

Graciela apoya su muñeca en la cara de Carlos para que le dé un beso. Esta vez Carlos se limpia con verdadero asco, y se acuesta.

Graciela: (*Saliendo. A su muñeca:*) ¿Viste que valiente es mi hermano? ¡Es un héroe! Nunca le tiene miedo a nada. ¡Ése es mi hermano!

Graciela sale.
Carlos que acaba de escuchar lo que dijo, se incorpora en la cama.

Carlos: Mi hermana es medio tonta, pero a veces tiene razón. Yo no le tengo miedo a nada. ¡Ni a los fantasmas! Yo... si veo un fantasma... le hago karate. ¡Fa! ¡Fa! ¡Pum! ¡Fa! y lo dejo hecho papilla.

(*Comienza un juego imaginario, que va explicando a medida que lo juega.*) Es de noche. Yo estoy durmiendo. Estoy solo. Mi mamá y mi papá se fueron al cine, y mi hermana, el plomo de mi hermana, se fue con mi abuela Rosa. ¡Menos mal! Porque si está acá lo arruina todo. Yo estoy acostado... y está todo oscuro, muy oscuro... De repente escucho un ruido: ¡Uhhhhh! "¡Oh!", digo, "¿qué es eso?... No es nada". Y sigo durmiendo, porque yo no le tengo miedo a nada. ¡Uhhhh! "Ése es el típico ruido a fantasmas", digo. "Iré a investigar". Y voy. Fantasma, ¡dónde te has metido! ¡Oh! ¡Ahí estás! ¡Súper Carlos contra los fantasmas contraataca!

Carlos se arroja sobre la colcha de la cama, como si fuera un fantasma y lucha con ella hasta que la vence. Este juego irá acompañado por una música incidental.

Carlos: ¡Ya está! Ahora me puedo ir a dormir tranquilo, porque yo... ¡no le tengo miedo a nada!

Se acuesta y apaga la luz.

En la oscuridad se escucha un ruido muy fuerte, como si se golpeara una puerta. Carlos asustado, pero tratando de disimular, se sienta en la cama.

Carlos: A nada.

Se acuesta rápido, tapándose la cabeza y el ruido vuelve a escucharse. Carlos se sienta en la cama y presta atención, casi sin moverse por el miedo que tiene.
Pregunta con un hilito de voz.

Carlos: Graciela... ¿sos vos?

Se vuelve a escuchar el ruido.

Carlos: ¿Mamá?...

Se vuelve a escuchar el ruido.

Carlos: ¿Sos vos, Graciela?...

En ese momento, Graciela entra corriendo con su muñeca en la mano, asustada.

Se miran como esperando una respuesta, pero el ruido se escucha otra vez y los chicos corren uno hacia el otro y se abrazan.

Graciela: ¿Qué fue ese ruido?

Carlos: No sé.

Graciela: ¡Tengo miedo!

Carlos: Esperá que prendo la luz.

Carlos se suelta de Graciela y camina hacia la lámpara.

Graciela: ¡Carlos! (*El grito asusta a Carlos.*) No me dejes sola...

Carlos: Mejor vamos juntos.

Tomados de la mano y caminando con cuidado, mirando hacia todos lados, llegan a la lámpara y prenden la luz.
Miran alrededor.

Carlos: ¡Nena!

Graciela: (*Esta vez, el grito asusta a Graciela.*) ¿Qué pasa?

Carlos: Dejaste la puerta abierta. Vamos a cerrarla.

Siempre de la mano y con cuidado, avanzan hacia la puerta, pero cuando están por llegar, se vuelve a escuchar el ruido, y los chicos empujándose y tropezando, corren hasta el otro extremo de la habitación.

Graciela: ¿Y si hay un fantasma adentro del cajón de los juguetes?

Carlos: Andá y fijate.

Graciela: ¡¿Yo?!

Carlos: Mejor vamos juntos. Vos andá adelante, que yo te cuido la espalda.

Avanzando casi sin avanzar, llegan al cajón de los juguetes, pero cuando están por abrirlo, se vuelve a escuchar el ruido.

Los chicos corren a la cama, y se esconden bajo las sábanas.

Carlos: Graciela... si te cuento un secreto, ¿me prometés que no se lo contás a nadie?

Graciela: Te lo prometo.

Carlos: Yo también tengo miedo.

Graciela comienza a llorar.

Carlos: Dale, nena, no llores.

Graciela: Es que tengo miedo.

Carlos: Bueno, pero hay que ser valiente...

Graciela: Sí, pero yo soy chiquita...

Carlos: Graciela... no llores... cuando vos llorás, a mí me agarra... me da... tengo unas ganas de... mirá, si dejás de llorar... te prometo que te cuento un cuento.

Graciela: ¿En serio?

Carlos: En serio.

Salen de debajo de las sábanas y Graciela se acomoda para escuchar el cuento.

Carlos: Había una vez, un reino en el que los chicos vivían muy tristes y asustados, porque siempre aparecían las brujas enanas. Éstas, eran unas brujas así de chiquititas, que usaban un gorro con pompón, hasta las orejas, y tenían una nariz de zanahoria tan larga, pero tan larga, que tenían que atársela con un moño en la punta para no pisársela. Y además... tenían un solo diente, ¡horrible!, en la boca.

Estas brujas, feas y malísimas, jamás molestaban a las personas grandes, sólo les hacían brujerías a los chicos. Pero cuando ellos lo contaban, las personas grandes siempre les contestaban lo mismo: "Niños, las brujas no existen".

Un día, los chicos vieron a las brujas entrar en la escuela, y escribir en las paredes con tizas, témperas y marcadores. Entonces corrieron a avisarle a la señorita Pepa, que era la directora.

—¡Señorita Pepa! ¡Señorita Pepa! ¡Las brujas están escribiendo las paredes!

Pero la Señorita Pepa, como siempre, les contestó:

—Niños, las brujas no existen.

Los chicos, trataron entonces de borrar lo que las brujas habían hecho, pero era demasiado tarde: la Señorita Pepa apareció, y empezó a leer.

—La Señorita Pepa es una gorda. La Señorita Pepa es una bruja. La Señorita Pepa tiene orejas de burro.

—¡Que me da un patatús! ¡Que me da un patatús! ¡Qué me da un patatús! –gritaba la señorita Pepa.

Y le dio un patatús.

Los chicos tardaron tantos, pero tantos días en limpiar las paredes de la escuela, que no pudieron aprender nada, y todos repitieron el grado.

Pero peor fue cuando los embrujaron y los dejaron sin hablar. Los chicos no podían decir ni una sola palabra: cada vez que querían hablar lo único que conseguían era sacar la lengua. Esa mañana, cuando los chicos llegaron a la escuela, como todas las mañanas, la Señorita Pepa los saludó:

—¡Buenos días, niños!

Y los chicos, nada.

—¡Buenos días, niños!

Y los chicos, nada.

—¡Buenos días niños, he dicho!

Y los chicos en el esfuerzo por contestar, le hicieron a la Señorita Pepa: "Dbbbb". (*Saca la lengua.*)

—¡Que me da un patatús! ¡Que me da un patatús! ¡Que me da un patatús!

Y le dio un patatús.

La Señorita Pepa los retó. Los retó la mamá, el papá, la tía, y la abuelita. Todos decían lo mismo: estos chicos son unos maleducados. Pero cuando ellos explicaban que todo era cosa de las brujas, las personas grandes les contestaban: "Niños, las brujas no existen".

Fue entonces cuando decidieron atrapar a las brujas enanas ellos solos. Esa noche, cuando las personas grandes se durmieron, salieron de sus casas en puntitas de pie, y se encontraron en la plaza. Cada uno traía una cacerola enorme y un globo de gas, de ésos que se vuelan, atado con un piolín. Y todos, todos, hasta los bebés de un año, se habían disfrazado de brujas enanas, con una nariz de zanahoria y un gorro con pompón hasta las orejas.

Los chicos se escondieron detrás de los árboles para esperar a las brujas. Temblaban de miedo. Temblaban tanto que la nariz se les sacudía así: ¡Piqui! ¡Piqui! ¡Piqui!... De repente las vieron llegar.

Moniquita tomó coraje, y se puso detrás de una de ellas.

—Vení... -le dijo.

—Que no quiero-quiero -le contestó la bruja.

—Vení... que por allá están los chicos.

—Que me importa-porta.

—Vení... ¡o te pincho la nariz!

—¡Voy corriendo-riendo!

Y Moniquita llevó a la bruja al tobogán. La hizo subir por la escalerita, y cuando estuvo arriba, le pegó un empujón. La bruja iba cayendo por el tobogán y gritaba:

—¡Que me mareo-reo! ¡Socorro-corro!

Y no gritó más, porque Enriquito la estaba esperando abajo con una cacerola. La bruja cayó justito adentro. Rápidamente Laurita le ató un globo de gas en la punta de la nariz, y la bruja empezó a subir y subir... y no dejaba de gritar:

—¡Que me vuelo-vuelo! ¡Que me bajen-bajen! ¡Socorro-corro!

Había dado resultado. Rápidamente atraparon a todas las demás. A una, en el sube y baja; a otra, en las hamacas; a otra, en la calesita. El cielo se iba llenando de globos de colores y brujas enanas.

Cuando las personas grandes salieron de sus casas y vieron el cielo lleno de brujas, empezaron a correr de un lado a otro, gritando, chocándose y cayéndose:

—¡Nos invaden las brujas extraterrestres! ¡Las brujas nos atacan! ¡A casa chicos! ¡A esconderse! ¡Pronto!

Pero los chicos, tranquilamente les contestaban:

—¡Que tontería, grandes! ¡Las brujas no existen!

Graciela, sin esperar que el cuento termine, y para no ser menos que su hermano, le propone:

Graciela: Yo también sé un cuento.

Carlos: Bueno, me lo contás mañana.

Graciela: Me lo enseñaron en la escuela.

Carlos: Qué bien...

Graciela: Es muy lindo...

Carlos: ¡Qué suerte!

Graciela: ¿Querés que te lo cuente?

Carlos: No, gracias.

Graciela: Me lo contó la señorita. Es de príncipes y princesas.

Carlos: ¡No, salí! ¡Eso es una pavada! Y además, seguro que lo inventaste vos.

Graciela: ¡No! En serio... Me lo contaron en la escuela. Escuchá, es cortito, vas a ver.

Carlos resignado la escucha.

Graciela: Había una vez, una princesa que se llamaba Teresa, que se casó con un príncipe que se llamaba Felipe.

Carlos: ¿Y?

Graciela: ¿Y qué?

Carlos: ¿Y qué pasó?

Graciela: Que se casaron.

Carlos: ¿Y el cuento?

Gracuela: Terminó.

Carlos: ¡Cómo que terminó! Vos tenés que contar todo, todo lo que le pasó a la princesa.

Graciela: ¿Todo, todo?

Carlos: Todo.

Graciela: Bueno... la princesa nació un día a la mañana, y su mamá al verla le dijo: ¡Qué hermosa princesa! Te llamarás Teresa. Y la apoyó sobre la mesa.

Carlos: Qué, ¿se la iba a comer a la hija?

Graciela: No, nene: le iba a cambiar los pañales. Y después le dijo: Teresa, quedate quieta, que te voy a dar la teta.

Carlos: (*Riéndose exageradamente.*) ¡Qué mentirosa, nena! ¿Cómo va a decir eso el cuento?

Graciela: Sí, dice. ¿Qué tiene?

Carlos: ¡Eso lo inventaste vos! ¡Cómo la maestra te va a decir la... la... eso, nena!

Graciela: Bueno, era así y listo. Y la princesa comió y comió, y después se durmió, y después se despertó y lloró, y la mamá la cambió, y comió y después se durmió...

Carlos la frena con un almohadazo.

Carlos: ¡Pará, nena! Durmió y comió y durmió...

Graciela: Pero vos dijiste que te cuente todo...

Carlos: Pero no eso... Contame por ejemplo, cómo la princesa Teresa conoció al príncipe Felipe, ahí está.

Graciela: Bueno... la princesa un día... se puso un sombrero. Y justo pasaba un heladero. Era Felipe.

Carlos: ¿Cómo un heladero?... Si vos dijiste que Felipe era un príncipe.

Graciela: Es que una bruja malísima lo había convertido en heladero. Entonces Felipe le preguntó al Rey: ¿Quién es ésa?

Es Teresa, la princesa. ¡Qué belleza! Dijo Felipe, y se enamoraron y se casaron.

Carlos: ¿Y la bruja?

Graciela: No, bruja no había.

Carlos: ¡Pero si vos dijiste que había bruja, nena!

Graciela: Lo que pasa... es que... era verano. Y la bruja se había ido de vacaciones.

Carlos: ¡¡¡Las brujas no se van de vacaciones!!!

Graciela: Bueno, pero esta vez sí se había ido. Y antes de irse le había dicho a Felipe: Si vendés muchos helados, te podés convertir en príncipe otra vez. Y Felipe le vendió muchos helados al Rey que era gordo, y se convirtió en príncipe. Y se enamoraron y se casaron... Y colorín colorado, se comieron los helados. Terminó.

Carlos: Ese cuento no puede terminar así.

Graciela: ¿Por qué?

Carlos: Porque el que come y no convida tiene un sapo en la barriga.

Carlos se revuelca de risa y Graciela se enfurece.

Graciela: ¡Sos un malo! ¡Tonto! ¡Mi cuento era mejor que el tuyo! ¡No te quiero más! ¡Me voy!

Carlos: ¡Andate, nena! A mí que me importa...

Graciela: Claro que me voy.

Graciela sale muy decidida, pero antes de llegar a la puerta recuerda a los fantasmas, y vuelve a Carlos, que se acaba de acostar.

Graciela: Carlos... ¿y si un fantasma me está esperando detrás de la puerta?

Carlos haciéndose el valiente, el que las sabe todas, va a resolverle el problema a su hermana.

Carlos: (*Levantándose de la cama.*) Vení conmigo.

Graciela lo sigue, pero lo detiene a medio camino.

Graciela: ¿Adónde vamos?

Carlos: ¡Shhhhh! ¡Vení conmigo, te digo!

Van avanzando en dirección a la puerta.

Carlos: Traé una almohada.

Graciela corre a buscar la almohada.

Graciela: Qué... ¿vamos a dormir?

Carlos: No, nena. Vamos a cazar al fantasma.

Graciela: Pero, Carlos... ¡yo nunca cacé un fantasma!

Carlos: Yo... tampoco. Pero vos hacé todo lo que yo te diga. Ponete de ese lado de la puerta.

Graciela obedece, pero deja la almohada que había ido a buscar, sobre la cama.

Carlos: ¡Con la almohada, nena!

Graciela corre a buscar la almohada.

Carlos: Mejor traé una sábana, también.

Graciela deja la almohada y trae una sábana que le da a Carlos.
Y vuelve a ubicarse a un lado de la puerta.

Carlos: Ahora, yo abro la puerta. El fantasma entra... yo lo atrapo con la sábana y vos le pegás con la almohada... ¿Dónde está la almohada?

Graciela corre a buscarla.

Carlos: Ahora sí. Yo abro la puerta. El

fantasma entra, y vos le pegás con la almohada. ¿Lista?

Graciela asiente. Sostiene la almohada por sobre su cabeza y tiene los ojos cerrados.
Carlos abre la puerta despacio.

Carlos: Un... dos... tres... Entra el fantasma.

No sucede nada.
Se miran, miran hacia la puerta.

Carlos: ¡Un... dos.. tres! ¡Entra el fantasma!

Lo mismo.

Carlos: ¡Un, dos, tres, entra el fantasma!

En ese momento se escucha el ruido de la puerta. Carlos se asusta y se enreda en la sábana.
Graciela abre los ojos, ve eso, lo confunde con un fantasma y lo corre a almohadazos.

Graciela: ¡Lo tengo! ¡Lo tengo! ¡Carlos! ¡Lo atrapé!

Carlos: ¡Acá estoy, nena!

Graciela: Yo creí... yo pensé...

Carlos: ¡Y ahora se nos escapó!

Graciela: A lo mejor entró por la puerta, y está escondido acá adentro...

Carlos: Vamos a buscarlo.

Buscan el fantasma por el cuarto mientras cantan una canción.

Las brujas patinan,
recorren la pared,
y se van por el techo
juntas a tomar el té.

Fantasmas que usan
pantuflas con pompón,
debajo de mi cama están
jugando al dominó.

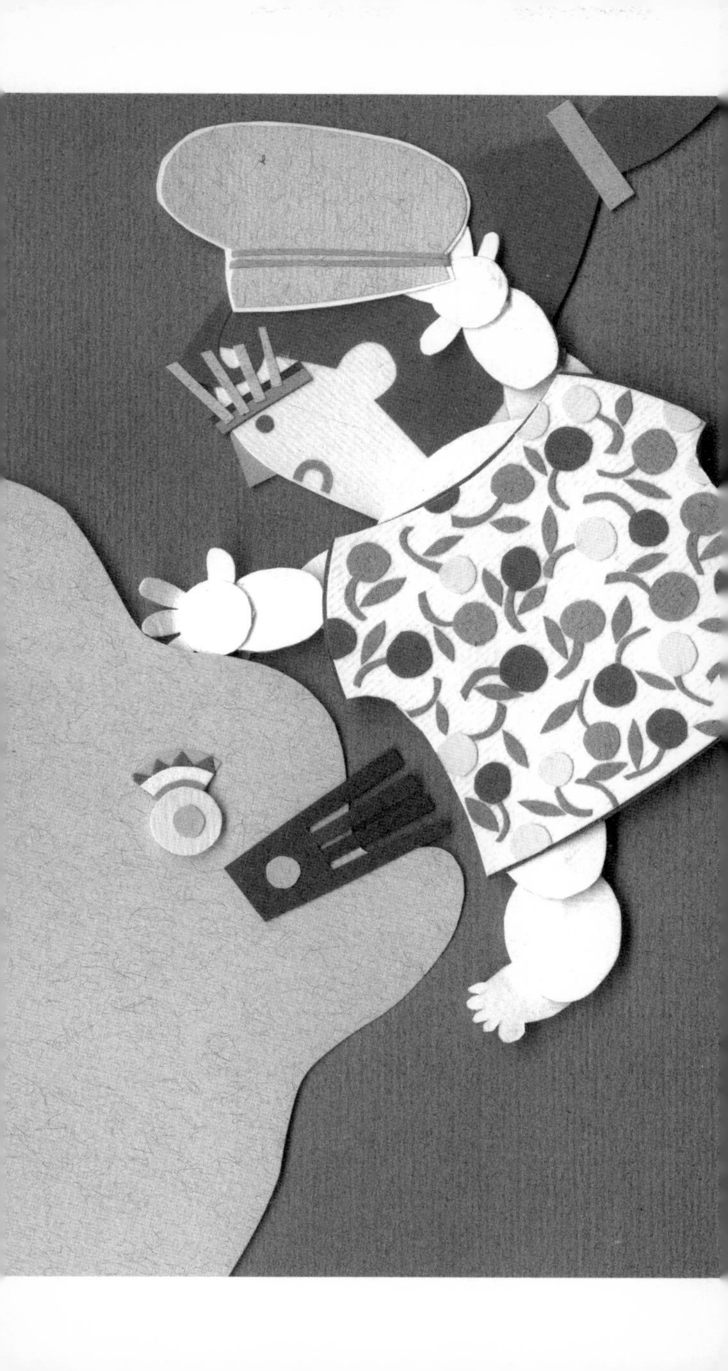

Estribillo
¡Que sí, que sí, que no,
qué miedo tengo yo!
¡Qué miedo que me dio!
Que sí, que sí, que no,
qué miedo dan las brujas
en pijama y camisón.

Las brujas coquetas,
vestidas de organdí,
delante del espejo
se echan polvo en la nariz.

Fantasmas y brujas
pasean por acá,
montados en escobas
y bailando el cha-cha-cha.
Estribillo
¡Que sí, que sí, que no,
qué miedo tengo yo!
¡Qué miedo que me dio!
Que sí, que sí, que no,
qué miedo dan las brujas
en pijama y camisón.

Junto con la canción termina la búsqueda.

Graciela: Yo no veo nada.

Carlos: Yo tampoco.

Graciela: ¡Qué nene! ¡Cómo los vas a ver, si los fantasmas son invisibles!

Carlos: ¡Ya sé que son invisibles! Mirá si yo no voy a saber de la invisili... indivisi... invi...

Se vuelve a escuchar el ruido.
Los chicos se sobresaltan y se abrazan.

Graciela: Me parece que hay fantasmas mirándonos por todos lados...

Carlos: ¡Ya sé! ¡Lo que tenemos que hacer es una barricada!

Graciela: ¿Y qué es una barricada?

Carlos: Una trinchera, nena.

Graciela: ¡Ah!... ¿Y qué es una trinchera?

Carlos: Una barricada.

Graciela: ¿Y una barricada?

Carlos: ¡Ufa, nena! Un montón de cosas, así, todas amontonadas, que uno se mete adentro y no te ve nadie...

Graciela: ¡Ah! Una barricada...

Carlos: ¡Y yo qué dije! Dale, movete, traé el baúl.

Corren los muebles de la habitación, y los amontonan en el centro, junto con los juguetes y todo lo que encuentran.

Carlos: Listo. ¡A esconderse!

Se esconden detrás de la barricada.

Graciela: (*Hablando en voz muy alta, y asomando la cabeza.*) ¡Ahora sí que no nos ven!

Carlos: (*Tironeándola hacia atrás de la barricada.*) ¡Shhhh!

Graciela: ¡Los engañamos!

Carlos: ¡Shhhh!

Graciela: ¿Se habrán ido?

Carlos: ¡Shhhh!

Graciela: ¿Nos tenemos que quedar acá toda la noche?

Carlos: ¡Shhhh!

Graciela: Carlos... ¡me aburro!

Carlos: Pero, ¿te querés callar, nena? Si nos escuchan...

Se vuelve a escuchar el portazo.

Carlos y Graciela quedan inmóviles. Están aterrorizados.

Un nuevo ruido a viento o a fantasma los hace reaccionar.

Carlos: ¡Al ataque! ¡A ellos Graciela!

Diciendo esto comienzan a tirar almohadones, y todo lo que tienen a mano al aire. Acompaña la acción una música incidental sobre la que se escuchan ruidos de fantasmas, risas y otros efectos.

Hay una gran confusión. Carlos corre de un lado al otro y lucha solo, como si lo atacaran montones de fantasmas. En medio de la batalla, Graciela desaparece. Se esconde dentro del baúl de los juguetes sin que la vea Carlos ni el público.

Carlos, cansado de luchar, descubre la ausencia de Graciela. El sonido va desapareciendo.

Carlos: ¿Graciela?... ¿Graciela?... ¿Dónde estás, nena? (*No obtiene respuesta.*) Graciela... ¡Se la llevaron los fantasmas!... (*Está realmente preocupado.*) Fantasmas, ¡devuélvanme a mi hermana inmediatamente! Cuento hasta tres: si no me devuelven a mi hermana, ¡disparo! Una... dos... tres... ¡Pum! (*Espera la respuesta que por supuesto no recibe.*) ¡Uy!... ¡Cómo se extraña al plomo! ¿Ahora con quién me voy a pelear?

En ese momento, la tapa del baúl comienza a levantarse lentamente. Carlos se asusta y se esconde, sin dejar de mirar.

Desde adentro del baúl va saliendo Graciela, cubierta con una sábana, por lo que, en principio, Carlos no la reconoce.

Carlos: (*Mientras se va acercando al baúl.*) Señor Fantasma, devuélvame a mi hermana... Si me devuelve a mi hermana, yo le prometo que le voy a prestar la plastilina... y que le voy a enseñar a jugar al fútbol... y que no le voy a tirar más del pelo... y que nunca más le voy a decir tonta...

Graciela se saca la sábana de encima, riendo.

Graciela: ¿En serio que no me vas a decir más tonta?

Carlos: ¡Tonta! ¡Tonta! ¡Retonta! ¡La casa llena de fantasmas y vos haciendo bromas!

Graciela: ¡Te lo creíste! ¡Te lo creíste!

Graciela se ríe de Carlos, que furioso, se acerca y le pega.

Graciela deja de reírse y empieza a llorar, casi para adentro.

Carlos, arrepentido, se aleja de ella.

Entre lágrimas, Graciela le canta una canción.

Graciela:

Yo quisiera como vos
ir haciendo "willies"
con mi bici, en una rueda;
y tirarme, con valor,
de cabeza, bomba,
y panza en la pileta.

Pero aunque yo ando en triciclo,
y me entra agua en la nariz...
quiero, hermano, que sepas,
que no soy tan chiquitita...
que yo, ya crecí.

Yo quisiera, como vos,
escribir con tinta
y tener cuentas de tarea;
y poder hacer un gol
cuando juego en la
canchita de la escuela.

Pero, aunque yo tengo muñecas,
y delantal a cuadros de jardín,
quiero, hermano, que sepas,
que no soy tan chiquitita,
que yo ya crecí.

Yo quisiera crecer tanto,
que a tus juegos me invitaras a jugar,
y que les digas a todos:
Es, mi hermana chiquitita,
¡una hermana genial!

Durante la canción, Carlos, conmovido, se va acercando a Graciela y le da un beso. Las paces están hechas.

Carlos: Se me acaba de ocurrir un plan.

Graciela: ¿Un plan?

Carlos: Sí... para terminar con los fantasmas. Escuchame bien: nosotros, ¿tenemos miedo?

Graciela: Eso no es un plan, es una pregunta tonta.

Carlos: ¡Vos escuchá! Si vemos un fantasma, y tenemos miedo, ¿qué hacemos?

Graciela: ¡Ufa! ¡Qué sé yo!

Carlos: ¡Pensá, nena!

Graciela: ¿Salimos corriendo?...

Carlos: ¿Ves que a veces sos inteligente?

Graciela: Claro, nene, ¿qué te pensás?

Carlos: Ahora escuchá: los fantasmas, ¿tienen miedo?

Graciela: ¡No! ¡Cómo van a tener miedo los fantasmas! (*Canturrea.*) Dijiste una pavada... dijiste una pavada...

Carlos: No es una pavada, es el secreto de nuestro plan: los fantasmas se deben morir de miedo.

Graciela: ¿Quién te dijo?

Carlos: No sé... se me ocurrió...

Graciela: Es mentira.

Carlos: ¡No, no es mentira! Los fantasmas tienen miedo. Y no me discutas.

Graciela: ¿A ver?... (*Prueba.*) ¡Buh! ¡Buh!

Carlos: Así no asustás a nadie, nena. Escuchá: si los fantasmas tienen miedo, y nosotros los asustamos, van a salir corriendo.

Graciela: ¿Y cómo los pensás asustar?

Carlos: Como los chicos del cuento. Vos te disfrazás de bruja horrible... ¡Bah! de bruja, porque horrible ya sos. Y vamos despacito, y los asustamos.

Graciela: ¿A quiénes?

Carlos: ¡A los fantasmas, nena! ¿De qué estamos hablando?

Graciela: Es muy buena tu idea. Vos sí que sos un genio. Andá. No tengas miedo, que yo te espero acá.

Carlos: No, así no sirve, tenemos que ir los dos.

Graciela: No, yo no voy.

Carlos: Está bien... yo ya sabía que vos eras cobarde... y chiquita... ¡Ponete el chupete, andá! Que no soy tan chiquitita. (*Burla la canción*) ...

Graciela: ¡Yo no soy cobarde! ¡Ni chiquita! Ni... ¡Ufa! Está bien. Voy con vos.

Carlos: ¡Es mi hermana chiquitita, una hermana genial!

En el entusiasmo por encontrar con qué disfrazarse, Carlos y Graciela se tropiezan, se golpean, se chocan y siguen malhumorándose uno con el otro.

Finalmente Graciela parece haber encontrado algo satisfactorio dentro del baúl.

Graciela: Vos ponete allá y tapate los ojos.

Carlos: No espío. (*Mientras mira abiertamente.*)

Graciela se va poniendo cosas que encuentra en el baúl para disfrazarse de bruja. La base será una tela, lo suficientemente larga, para que, cuando Graciela esté sentada sobre los hombros de Carlos, ambos queden cubiertos, dando así la sensación de una figura gigantesca.

Mientras se va disfrazando, le pide permanentemente a Carlos que no espíe. Sobre el final, sin que Graciela se dé cuenta, Carlos va por detrás y la levanta sobre sus hombros.

Graciela: ¡Uy! ¡Estoy volando! ¡Las brujas me contagiaron la volidad! ¡Carlos! ¿Dónde estás?

Carlos: ¡Acá abajo, nena!

Graciela: Carlos... ¿sabés que también puedo volar?

Carlos, ante semejante pavada, no se digna contestarle y sólo pone cara de infinita paciencia.

Graciela: Carlos... qué buena idea tuve, ¿no? Estoy segura de que en cuanto los

fantasmas me vean, salen corriendo. Carlos... ¿estás contento de tener una hermana tan valiente? Carlos... ¿las brujas te dejaron mudo?...

Carlos, para lograr que se calle, empieza a hacer ruido de bruja. Graciela se le une.

Graciela: ¡Allá voy, fantasma! ¡Te atraparé!

Van hacia el cuarto de Graciela, imitando una bruja feroz.

Se escucha una música incidental sobre la que se vuelven a escuchar gritos, carcajadas, ruidos de fantasmas y pelea.

El escenario queda solo, por unos instantes.

De pronto llega Carlos corriendo, agitado y sin disfraz.

Carlos: ¡No los vemos por ningún lado!

Carlos vuelve a salir y entra Graciela, también corriendo.

Graciela: ¡Deben estar abajo de la cama!

Se va corriendo y entra Carlos.

Carlos: Abajo de la cama no están, se deben haber escondido en el ropero.

Sale Carlos y entra Graciela.

Graciela: ¡Adentro del ropero no están, se deben haber ido por la ventana!

Sale Graciela.
El escenario esta vacío.
De golpe cesa la música, se escucha el portazo que antes los había asustado. Después sólo silencio.
De pronto, Carlos y Graciela entran corriendo y festejando.

Carlos: ¡Los echamos!

Graciela: ¡Los asustamos!

Carlos: ¡Los aplastamos! ¡Súper Carlos!...

Graciela: ¡Y Súper Graciela! ¡Los más valientes del mundo!

Carlos: ¡Los fantasmas nos tienen miedo!

Graciela: Se asustaron tanto que se fueron corriendo por la ventana, y ni siquiera la cerraron.

Caen al suelo, agotados.

Graciela: Qué raro eso, ¿no?

Carlos: ¿Qué cosa?

Graciela: Que los fantasmas dejaran la ventana abierta...

Carlos: No tiene nada de raro, nena, estaban tan asustados que saltaron por la ventana y la dejaron abierta, ¿no viste?

Graciela: La ventana abierta la vi, a los que no vi fue a los fantasmas.

Carlos: Porque son invisibles, nenita.

Graciela: ¡No! No los vi, porque no había fantasmas.

Carlos: ¡Sí que había! Había un montón, pero se asustaron y se fueron.

Graciela: Pero nene, ¡qué tonto sos! Si los fantasmas no existen...

Carlos: ¿Ah, no? ¿Y esos ruidos qué eran?

Graciela: Qué sé yo. Yo lo único que sé, es que no vi ninguno.

Carlos: ¡Yo sí, nena! Y a uno le di una piña y todo.

Graciela: Eso es mentira.

Carlos: ¡Es verdad! Por eso se fueron...

Graciela: Vos inventaste todo eso de los fantasmas para asustarme.

Carlos: (*Indignado.*) ¡¿Yo?! Fuiste vos la que dijo...

Graciela ya se está yendo para su cuarto, con la muñeca en la mano. Carlos de pronto se da cuenta de que su cuarto está todo desordenado.

Carlos: ¿A dónde vas?

Graciela: (*Con toda naturalidad, como si nada hubiera sucedido.*) A dormir...

Carlos: Vení para acá, y ayudame, nena.

Graciela: Ni pienso, éste es TU cuarto.

Carlos: ¡Pero vos lo desordenaste!

Graciela: Yo no, los dos. Y yo soy la más chiquita y no tengo fuerza.

Carlos: Está bien... andate. Pero la próxima vez que los fantasmas entren a tu cuarto, yo no te ayudo.

Graciela: Qué me importa, nene, yo no le tengo miedo a los fantasmas.

Carlos: ¡Chau, doña mentirosa!

Graciela: Chau.

Graciela sale muy decidida, mientras Carlos comienza a correr los muebles. De pronto Graciela parece arrepentida y se queda parada en el medio de la habitación.

Graciela: Carlos...

Carlos: ¿Qué?

Graciela: Hasta mañana.

Carlos: Chau.

Graciela: Carlos...

Carlos: ¿Qué?

Graciela: Besito. (*Le tira un beso que Carlos le devuelve sin ganas.*)

Graciela: Carlos...

Carlos: ¡¿Qué querés?!

Graciela: Me olvidaba de una cosa...

Carlos: ¿De qué, nena?

Graciela: Me olvidaba de ayudarte.

Graciela lo mira compradora. Carlos no quiere demostrar que se le pasó el enojo, pero juntos comienzan a ordenar el cuarto.

Mientras lo hacen cantan la canción final.

Con su valija sin color,
en la oscuridad,
caminando, en puntitas,
llega el Señor Miedo.

Cara de cuco sin nariz,
fantasma de aserrín,
o bruja despeinada,
se sienta siempre en mi almohada.

Estribillo
¡Hoy no, Señor Miedo, no!
Hoy no me hará llorar,
ni con sus sombras, ni sus ruidos,
deje ya de soplar,
¡que no me va a asustar!
Váyase usted de aquí,
que ya, que ya no tiemblo más.

El miedo se echó a volar,
cuando empecé a jugar.
El miedo se asustó
tanto que se escapó.

¡Qué miedo le di yo!
Hoy no me hará llorar, hoy no,
¡no, Señor Miedo, no!

Al terminar la canción, el cuarto ya está ordenado.

La música va desapareciendo. Graciela y Carlos se despiden con un beso. Carlos comienza a acostarse, pero se detiene.

Carlos: Graciela... estaba pensando... ¿y si no era un fantasma? Si la ventana se golpeaba sola con el viento, ¿y ése era el ruido?

Se miran intrigados. La música crece y vuelven a cantar los últimos versos de la canción.

Ambos: Hoy no me hará llorar, hoy no,
¡no, Señor Miedo, no!

Queda una luz sobre la imagen de los chicos abrazados.

TELÓN

Palabras del ilustrador

Yo cuando era chico actuaba (pero me gané un premio y todo, eh... no vayan a creer); entonces, cuando me dieron a ilustrar *Chau, Señor Miedo*, me dije: "esto es otro rubro, para esto no puedo hacer simples ilustraciones, esto es teatro".

Entonces, decidí hacer algo así como "teatrilustraciones". ¿Que qué son, me preguntan?

Todo está hecho con papel, tijera y cola (como la mayoría de mis dibujos), pero aquí cada parte del cuerpo de los personajes es articulable, a través de un sistema de hilitos internos. Entonces, los cuerpitos pueden moverse como uno quiera para escanearse en distintas posiciones. Son como títeres planos, a los que también les hice distintas cabecitas intercambiables –para que tengan otras expresiones–, y utilería como la cama, la luz, los juguetes.

Transformé así a cada página en una escena de esta obra.

Y me divertí mucho.

Tanto como espero que se diviertan ustedes al entrar en la función.

Istvansch (el teatrilustrador)

Esta edición de 1000 ejemplares
se terminó de imprimir en agosto de 2006 por
Gráfica Pinter, Buenos Aires, Argentina.